伝記

竹内英典

思潮社

伝記

竹内英典

思潮社

装幀＝思潮社装幀室

目次

伝記

伝記　Ⅰ

一九七〇年代のはじめ　一人の詩人が書き置いた
「学説史は以下の判断をなしたか
生まれてこなかったそいつのかわりに
伝記が生まれたこと
挫滅につながれた伝記が生まれたこと[*1]」

風が来る

ひとの手の

始まりの時から
穏やかさを装って
やって来る

現在《いま》が
悲鳴を抑え
叫びを抑え
鳴っている
風は
知り得ぬことを[*2]
透明にし
なされなかったこと
思考されなかったこと
すべてを此処に運び
とどめ
開かれなかったままの世界

見棄てられたままの一行の
甦りの時に出会うはずだった人を
待ち
やがて
(来なかったのは　あの　ひとか
　あの　きみか　あの　ぼくか)
現在《いま》を霧消し
零までも運び去る

挫滅につながれた伝記が
風ごとに
姿を変えて席捲し
何とも知れない未来に向かって*3
過ぎると
またたく間に現れ広がりつづける
欠如を

影にされた階段のひとが起ちあがり
わたり始める

欠如を歩むこと
欠如が生む侮蔑の夜に
目をこらし
その
そこにあるかもしれない
あのものの名を呼ぶための
(あらたな) ことばを
風が覆う僅かなひかりのしたで
語る
せめてもの
ときを　と

＊1　藤井貞和『地名は地面へ帰れ』（一九七二）所収「余剰価値」III
＊2　「知り得ぬことのほかは偽りである」（同書所収「てがみ・かがみ」より）
＊3　原民喜『心願の国』（一九五一）

ゆめのあと

枯野に
それはあったのか

細い道をとおり
ゆめのあとを
掘ったのか
細い道をとおった人の
ゆめのあとをたどりたどり
掘ったのか

なかったものに
あったものを
見いだしたのか

あったものに
なかったものを
見たのか

待ったのか
過ぎていったものを
まだ来ない
あのものを

地からも
空《くう》からも

時から時へ延々と名づけてきた
どの位置からも
うたからも
呟きの
声からも
呼ぶ

だが
相対のなかの
ひとつの意志を
ただひとつの意志の絶対の意志に変え
顔をつくり
群れをつくり
必然を装い
時を
襲ってくるもの

一個の林檎をもぎとった
意志の行方よ
幻想の地よ
地の歴史よ
だが
ここを離れて
何処を

＊松尾芭蕉の次の二句に喚起された。
夏草や兵どもが夢の跡
旅に病んで夢は枯野をかけ廻る

花守

神殿遺跡が見おろす
野外劇場の舞台跡にかがみ
オイディプス、夜が
と　地にささやく

闇が　うすれ
朝が　現れ
やがて
昼を　過ぎ

夕暮れが　終わり
夜が来る　というのではない

顔をあげた時には
すでに　身構える一瞬の間もなく
ひかりを捨てたものが
空まで
一気に覆ってしまう一日の終わりなのだ

時に時を重ねてうたわれた夜から
花々を散らして現れるもうひとつの夜
つぎつぎとうたわれ
尽きることなく生まれる時よ
最後の花びらをのせ
暗闇から伸びる萼《うてな》よ

オイディプス
自らが闇となり
解いていった
ひとであることの謎　それは
うたうことの謎
夜を生み
花を浮かびあがらせ
痛苦を生み
花を散らし
さらに夜を生むうたの謎

闇のまま
地の底に沈み
語らぬものがたりに耐えているひとよ
沈黙のうたをうたうひとよ

オイディプス　と
円形劇場の底に耳をつけ
そっと声をだす

道

ぼくは何をしたのであったろう
道には目があると子どものとき聞かされた
ぼくは何を拒否したのであったろう
お前が何をしたのか道は全部見ていると教師は告げた
たとえ目があったにしても
と母は云った
あなたが何をしようと道は何もしない
ただ見ているだけだ
道は其処にあるだけだ

襲う目をもっているのは山や森や川や海、空だと
その日以来
何処を歩いても確かに目は道の中からぼくを凝視《みつめ》ていた
(道をつくったのは大人なのにと思った)
以来一度も目のことは口にせず母は逝き
目は消えた

逐《お》われたはずの夜鳥《よどり》の叫びに
胸が騒ぎ
明日開通と書かれた家の前のトンネル道路に夜、柵を乗り越えて入った
空洞は左にゆるく曲線となり行方をさえぎり
両側の壁で照明が整然と影をつくっていた
影の中で目が息づき始めていた
道なき道をという熱帯の島からの声が　ずっと
耳の底で鳴っていた
いったいこれは道なのか

おうおう　と　泣くような呼ぶような声が伝わってくる
人間の入るべき道などない何かを踏み越えて
何処に行かされたのか
何処を歩いて何処へ行ってきたのか
おろおろこころが
荒々しいものにされ
取り囲む森のどの方角からも地を這ってくる獣の声と
小さく鋭い人間の
合図の声に追われながら振り返った自分を凝視《みつめ》る目は
どの樹の間にもあったが
襲う目はひとつとしてなかった
と　帰還したひとは顔をあげつづけた

その時もその後もずっとわたしたちは襲うものであった
山や森や川や海や空の目をなぎ払い

道と名づけ
名づけるごとに侵し所有していった
こうしてわたしたちは倒れるものになり
倒れながらとめどなく話しつづけるものになったと
真直ぐな視線を返した

不意に　見えないあちらから
細く鋭く悲鳴がひびきわたり
思わず無人のトンネルの曲線を急いでいた
空洞の向こうが見わたせぬまま
ぼくの影を規則正しく受けついでいく目のあとを
もう戻れないだろうと
無力ゆえの闖入者となって
終わらぬ壁をたどった

かたみ

（岩がそこにあることが私を傷つける
岩がさまざまな大きさをもっていることが傷つけ
形がそれぞれであることが傷つける
私はどの岩も違った大きさと
姿をもち
どの岩とも競合せずに
その岩がそこにそうあることに傷つけられる）

そのように物語を始めようとするものの気配に目をあけた

傍らに眠るきみの寝息が
毎夜　毎夜
ゆめの底に落ちていく
昼も夜も何故こんなにも欠けているのか
と告げている

砕かれたことばが
とり戻したいと
もう一度
生まれたいと
瞬《また》き
流れ
やがて薄れ行く夜と
欠けつづける昼の
口を閉ざした
かけらよりも小さな息づかいに会いに

きみは目覚めとともに車を走らせる
無限分の一の幼い鼓動が
自分のことばを見出すまでに
五十年間　ひとり　ひとりを
抱きしめてきた
フロントガラスを過ぎていく風景のむこうに呟く
——あの　あそこでは　すべて　ととのい　美しく*

(私は岩すべてに数字をふる
ひそかに規則をつくり
規則どおりにふっていく
あたかも
8の右隣に101が
真後ろに33があるのが偶然であるかのように
あるいはなんらかの意味 - 理由があると思われるように
「つまりここは偶然が支配しているともいえるが

偶然は必然の贈物であり必然は偶然からのお返しであり
あるいはその逆でもあると
または意味も理由もあろうはずはなく
No.101の大きさと形とそれがそこにそのようにあることは
ただそこにそのようにあるということに過ぎず
そうであれば101と言う数字もまた……」
と定義づけねば次には進めぬひとが
古今唱えられたことばすべてを復唱し続け
待つ言葉を失い
発する言葉を失い
その果てに
何ものかを生みだそうとすることが
期待されているかのように
列の最後近く
割れ目から可憐な花が覗くひとつの岩に
私の名前を滑り込ませる）

花のもとに置かれた名は
歓呼され
横殴りの歴史が綴られるだろう
子らに連なる
欠けてゆく時間の物語は
そのように始められるだろう

辿りつくであろうか
そのときは塊《かたまり》となって待っているのか
刻一刻生成されていくのか
信じていてもいなくとも
あのうたもこのうたも
耳にとめ
口ずさみ
やがて

ぬぎすて
厳めしくかまえる
岩山の下の
罠のような
細い道をすり抜けて

儚《あわ》い秋のひかりのむこう
あの　あそこに向かって
どのあなたも連れて行きたいと
生涯のかたみに
車を走らせる

*「あの　あそこでは——」＝ボードレール「旅への誘い」（阿部良雄訳に導かれて）

まちの気配が

明け方　姉が来てくれたと
隣のベッドで妻が起きあがった
海辺のまちがふたりの故郷で
あの日以来いちども姿をみせなかったのにと呟き
どうしてこのまちにと窓の向こうを見やった

瓦礫と呼ばれた
抵抗のあかしの群れが
集まり起ちあがりつながり

甦っていったのであったか
それとも流された血の分だけ捧げられた花々が身を変えたのであったか
オペラ座はあの時以前と寸分違わぬ姿で目の前にあった
と本当らしい話を聞かせてくれたひとが
花の向こうに行ってしまったという便りがあって
妻の友人である便りのぬしを訪ねたのであった

何千という何万という断片が壊滅の街から探し出され組みあわせられた
ワルシャワが再生すれば
死んだひとたちだけでなく
血肉をそなえた幽霊たちも戻ってくる*
瓦礫は甦りたかったのであり
花々を変身させたかったのだ
と便りのぬしは書きついでいた

ゲットー跡に置かれた薔薇一輪は

何かに変わりたかったか
限りを超えた熱線で
一瞬のうちに溶解した都市はいまだに行方を見出せない
どれ程の時が過ぎても
巡礼者たちは踏み出した一歩目から漂流する
見棄てられ死を潜り抜けた二人の子どもに白旗をもたせ盾にし
命乞いをした日本兵は
映像の外の
どの隙間に身を隠したのか
生贄の島に
どの何処にも属そうとしない魂が還ろうとしている

私の住むまちは焼け焦げた木片以外何も残さず
家跡を道路に変え山を削り沼を埋め地名をも奪った
首塚壇は紫の原と変えられ
文化センターと巨大な高層住宅群が覆い

軋む戦いの声と祈りは抹殺された

だが何処に行こうと
ワルシャワに向かったのであったろうか
何処に帰ろうと
生まれた僻地列島行きの飛行機に乗ったのであったろうか
海の日常を眼下に降りていけば
其処此処に倒れたまちの気配が満ちてくる

*「血肉をそなえた幽霊たち」＝アン・マイクルズ『冬の眠り』（黒原敏行訳）

此処を過ぎず

躓きの石を用意したのはだれですか
あなたですか
たやすく謎をといたものよ
正しきものの王よ

どのひとの名前を呼んだのであったろう　胸から熱いものがあふれ
ゆめからかえり街路灯が雪を舞わせる道に出たが視界のかぎりひと
りの影もなかった　ゆめを思い出そうと立ち尽くしていたとき　ふ
と促す気配に振り返れば直立した誰かがこちらを見ていた　ルオー

の道化のようでシェイクスピアの道化のようで厚く隈どられた目が半分だけべそをかいていたヨシアキさんかもしれないと思った　学生芝居で「十二夜」の道化をひょうひょうと舞台にあらわし一九六〇年からの希み絶たれた時間のさなか貿易会社をやめ此処を抜け出し知り合った女性とフランス中を二人芝居で巡ったが　数年して間もなく天の舞台に逝ってしまった　世界空間に漂うあらゆる感情と論理と混沌を受胎しなければ如何なる演技も不可能であると　両腕をあらん限り宙に伸ばし広げるや胸の方に抱くように引き寄せ　さておもむろにセリフを発し見事に観客を笑いで魅了したフカダさんはいつか混沌を音楽のような世界語にするのだと楽屋から消えキャンパスから消え戻らなかった　何もいわずただにこにこと舞台をながめていたユウさんは英文学研究の進学をやめケニアにわたり女性たちと生きることを始めていたが　白血病で仆れたと知らせがあった　一九四六年敗戦直後の乏しい時代のぼくのざら紙のドン・キホーテを小学二年の授業時間に読みふけり教師の大きな手で亜炭ストーヴの中で火刑にされてしまったケンゴは

（何を言っているのかな、それは？）
自分たちの一生を話している
（生きたというだけじゃ満足できない）
生きたことをしゃべらなければ
（死んだだけじゃ足りない）
ああ足りない
ベケットのエストラゴン*のことばを包みこむように暗い観客席に呟き　定住の地をもたず終わらぬ乏しい時代の変革の踵《きびす》から零れ落ちる涙を拾いあげていたという　六十年が過ぎてそれぞれが果たせぬ役を抱え見せかけの輝きの地平に立ち手を振り稽古姿でこちらをみているのか　雪は見るまに消え街路灯だけが真っすぐに立ち並び延びいてく道の向こうまで青白い光が闇に包まれていた　さらにその光に包まれて佇むものがあった胸からあふれたものであった　予感であったあのひとたちが予感したものであった　もう遅いのかもしれなかった

＊ベケットのエストラゴン＝サミュエル・ベケット作「ゴドーを待ちながら」の登場人物。（　）内は相手役ウラジミールの台詞（安堂信也・高橋康也訳）。

こどもが目をひらくとき

間奏

夜につつまれて
こどもは
じぶんになる

ときを
とりもどし
やがて
眠りにはいる

涙が一粒また一粒と地を漂い
シェヘラザードがかたる物語がわたっていく

王が
夜の海に
何かを投げいれ
葬ろうとしている
海のかぎりをめざし
繰り返し腕をふるうが
波にさらわれ
月の光りに砕かれて
かえされてくる

海からはじまり
森を過ぎて
此処に立ち
自滅しつづける王

波のなかの千の目が
終わったものを確認していた

最後の一つの目が
はじまるものを見ようとしていた

千の夜が
ただ一つの問いを
問うている

つつまれる夜を知らない
こどもが
王の闇を走り　躓き
倒れ　動けない

シェヘラザードの
永い永い最後の一夜

涙が地に満ち
夜じゅう語り継がれた物語が

終わるとき

やがて
こどもが
目をひらくとき

伝記 Ⅱ

「血腥《ちなまぐ》さ」がひき続く二十一世紀のはじめに　詩人は書き置いた

「ひとりの若者は遠ざかり
見たこともないかなたとこちらがわとのあいだには
触れ合うことのできない境界線《ボーダーライン》ができあがった
境界線のむこうがわで彼がどのような存在になっていったか
村長《むらおさ》は神託をえて
食べられながらも生き続ける通力者になったといい
聞いたみんなは

（略）
鋼鉄のバネを秘めた筋肉質の肉食獣にも雄叫《おたけ》びをあげて立ちむかう
敏捷果敢な一頭の草食有蹄獣を
来る日も来る日も
思い続けたのだった*」

歩くことを
やめなければならなかった
離れ去った若者を
食べられながらも生き続ける者になったと唱え
肉食獣にも雄叫びをあげて立ちむかう一頭の
草食有蹄獣を思いながら歩くほかなかったひとたちを
思い続けていた

海境《うみざかい》に囲まれた

この小さな都市のあちらがわで兆す災厄の気配など
検証ずみだと
門から遠く離れた広場で
なすすべをなくし大時計を見あげるにんげんを
大手《おおで》をのばし
摑《つか》みあげ
門柱深く閉じこめ
跡形もなく自らを破壊して
境界を捨て去る門を
夢想していた

物語を空《くう》に描くことは
葬送の儀式だと
箸を置き
窓を開け
妻も姉も

ぼくに向かって黙り込む
この一日からこぼれ落ちそうな
子どもたちの時間が
わたしたちなのだから
きっと
子らの
ひとしずくの声
ひとつぶのことば
揺れる一輪の花のたたずまい
固く噛みしめた唇をつつみ
涙をおおい
風にのせ
風をついで
はるかに　と

墜落する子どもの天使を首に下げ

書きかえては捨て
捨てては書きかえ
ついには
透明になったプラカードを掲げ
都市を流浪し
何処にもいない自分を憧憬し
漂流した茫漠の無の時の
ひとを思った

僅かなむかし
島国がかざす傘が覆う
少しの海を渡り
半島と内陸で侮辱の集団となった
肉食獣への視界が
窓越しに
こちらを暗く照らしている

そのさらに向こう
息をつめ
よじのぼり
身をひるがえし
駆け抜けようとした壁を背に
際限なく
救けなく
にんげんが斃されていく

無力な
ぼくの言語野
食べられても食べられても　と
名づけられてしまった
若者への

その地にあるひとへの
この地にあるひとへの
何処にもなかったことばは　ないのか

たとえば　幾世紀にもわたって
手の罪の祈りを願ったひとたちの間に伝えられていた
草食有蹄獣は
一声も雄叫びをあげることなく
とっくに海の境界《さかい》を越えたのであったという
積み重ねられたことばの群れをくぐり過ぎ
何処にでも深くたいらかに流れる水のことばに
戸惑い　怖れ
権威と慣わしを叫ぶひとたちに囲まれ
自らが選びとった異端の架刑が告げるはずであった
ぼくには聞くことが出来ない
底なく下降することばの

あたらしさとともに
過ぎていったのだという

来る日も来る日もみんなが思いつづけていた
どの境もやすやすと越える　あの
遠ざかる若者であったかもしれないと
伝えられはじめたという

そのひとしずくの声が
いつか
ここに
せめて　と
もう立つことのない
遠いときを思っていた

*倉橋健一『化身』(二〇〇六)所収「草原にて」

窓 ひとつもの

窓　ひとつのわかれであったか
遥かな道を過ぎてやって来るはずのものは
まだ見えないか
その窓ひとつからは見えなかったか
わたしではない
もうわたしの始まりは終わったのだ　と
告げながら
地に屈み
自分を抱きしめ

そのものは
過ぎ去っていったと
窓なく
倒れたままの
影がいう

影が
起ちあがろうとした夏はいつであったか
奥の暗がりで
さらに暗く
出ていこうと
声を抑えているもうひとつのものがある
窓ひとつなく
押し込められ充満する死の気流
閃光と侮蔑の時から　手のひとであることの

ぎりぎりのことばが始まったのではなかったのか
焼きつくされる魂の朝を知れ
崩れんとする己を知れ
と繰り返し繰り返し
ことばは深く流れ
水底に積まれた石の目が
掬《すく》おうとするひとを凝視する
（かろうじて
　呼ばれているかもしれない誰か）

窓　ひとつものわかれであったか
まだ見えてない
見たはずのもの

声　そして　世界は泥である

声は冒したものを負っていた
と渡っていくものがある
生きていれば二百歳にはなる曾祖母かもしれないと思った
何処へ？
とは聞かなかった
どのようにたどろうと
声はそこに行きつくのだし
老女はそこに戻るのだ

わたしが後を追うことを知りながら
背中だけを見せて
離れて行った
赤子になって
死人になって
と戯れ歌を
呟き

埃とぶ乾いた坂道に倒れる声に差し出したという
粗末な布を握りしめ
このなかに冒した者にすりかえられた顔があると
十字路をよろめきながら
疾走の姿勢をとる

何故急ぐのか

と問えば
誰ひとりあの声は聞きたくないのだ
はじめられた盟約があって
盟約が発するいのりがあるのだ
この家並みだけでなく

あちらの集落にも
赦すべき
改悛さすべきものがほしいと
天を指さし
跪《ひざまず》くものが見張っているのだと
ふりかえった

行っても同じではないか
たどりつけばいつだって
冒したものが宙にはためき

声は吊るされているではないか
吊るされながら声は
少しの変容を言ったのではなかったのか
泥にまみれた涙のことを
その眼差しのことを

そのように想像するだけか
と老女は皺を深くする
どれほどの渇きが
変容を求めて想像され
ことばにされたか
次の都市に
待っても待っても来ないと
ことばの灰に埋もれていく男が
終わりの手を振っているのに会えるだろう

声は吊るされるためにあそこにいるのだ
この布切れにはお前が此処にある——と
それから先はさすがに口を閉じ
生き過ぎた寿命の余りしか
泥にかえる時間はないのだぞとつくろった

さらに二百年の向こうへとよろめき走る
泥にかえり泥から泥に戻った老女を見送りながら
この手のなかに冒していくものの目を見ている

＊タイトルはジャコモ・レオパルディの「そして世界は泥である」に導かれて。ただし、サミュエル・ベケット著、大貫三郎訳『プルースト』（改訳版、一九九三）から引用。

ふね

どうして此処が分からなくなっているのか
どれもこれもどのように綴ったところで終わりなのだと知っても
みれんまがしく終わりではないと
胸が疼いてくるのも相変わらずなのに
此処が分からなくなっている
思い出そうとすればするほど
違うものが目の前の風景になってくる

イヴァン・カラマーゾフが

弟の真直ぐな目に云う
あったことだ
厳寒の季節
うんちを知らせなかった罰として閉じこめられた厠《かわや》の中で
凍え　胸を叩き
カミチャマドウゾオタスケクダサイ
と小ちゃな手を合わせる五歳の女の子の
血の気のない顔がこちらを見つめ
犬に子どもを引き裂かせる将軍が何事もないように現れてくるのだ

二〇〇四年　傷だらけのサラエボで一人の少女が死を決意した
ひとは物語をつくり戦争をしひとを殺し　物語を残す
一九四八年　ユダヤ人は川を渡って約束の地に行き
パレスチナ人は川を渡って溺死した
フィクションのユダヤ人とドキュメントのパレスチナ人
多くのことばがユダヤ系フランス人の少女をとりまき

どの理論も理論のまま残され伝えられて過ぎた
ジャン＝リュック・ゴダールが云う
目のまえにあるのは不可能な意志を受け継ぐ思考なき物語のようだ
自己を切り返して相手を見よ
目を開けて見つめ　目を閉じて想像せよ
このとき　たがいが奏でるアワーミュージック
眼を閉じ目を開き
勝利とは　救済とは　と呟き
少女は
生きられない生を
生きるだろう
（人間は夢中になって殺し合う
震える手を合わせ懇願する母をも殺す
我らが罪を赦したまえ　我らが敵を赦したまえ
ただ　赦したまえ）
昏れるサラエボを過ぎ

イスラエルで
和解のために　ともに死を　と呼びかけ
射殺されるだろう
ゴダールは庭で花々をいつくしんでいるだろう
やがて鎮魂の映画をつくり
此処からは（天国と確かにこの此処にいる）オルガの姿は見えないと云うだろう
少女は目を閉じ　目を開いて　こちらを見ているのだが――
アワーミュージック　わたしたちの音楽は
きっと――？

黒澤明の男と女は（死んでからさえ）
自分の物語だけをかたる
一つの事実に人の数だけの正しさが藪をおおう
不意に地からわきあがる泣き声にみちびかれ
ひとり　男が物語を離れ
荒れ果てた門内に捨てられた赤子《あかご》を

襤褸のふところ深く包み入れたとき
羅生門に激しく降りかかる雨がやんだ

だれもいない古びた台所にぽつねんと腰をかけて
煮えるなべの音を聞いているルオーのあの人が
いつのまにか　秋の夕べに
荷を背負ったひとたちと立ち話をかわし
夜の町外れを二人の子どもと歩いていく
月のしたを何するでなく
ただつきそうように
月の光りに溶けいってしまうまでに　ただ

物語の風景に隠されている思い出せない此処のドキュメンタリー
物語とともに生きのびたものよ
虐げられている子どもから「カミチャマ」と呼ばれているものよ
つみは物語のどこにあったのか　あるのか

それともどこからかやってきたのですか
あなたがもたらしたのですか

物語のふねがわたしたちを運んでいく

*順に、
ドストエフスキー「カラマーゾフの兄弟」、
ジャン＝リュック・ゴダール「アワーミュージック」、
黒澤明「羅生門」、
ジョルジュ・ルオーの作品、から。

樹よ

ここを　こうして歩いていることは途方もないことだ
と　樹々の間を抜ける散歩の足をはやめながら
きみが呟く
ことばに躓かぬようにと
老いの入り口にいたる大半の時間を（今日もまた）
発語の傷をかかえた子どもたちと過ごし
訪れては滞まり　過ぎた
広大な
火と飢えと病の時を彷徨う

母と子の荒れ野に
胸をつぶす

ここにいることは
こうして歩くことなのだ
空白の日常を歩くことは
途轍もなく
いたし方のないことだ
無聊の時間にいるぼくは
最後の物語を聞いたように
動悸をはやめる胸のうちで呟く
きみの物語が時を変えていくのではなく
時がきみの物語を変えていくのだ
とラジオの声が
耳を掠めていったことを思っていた

いつであっても
その下を通って出かけ　戻る
さるすべりの樹は
裸身に冬ごと東北の冷気を抱いて
やがて災える夏の記憶をとどまらせている
樹液はきっと茜色なのだと
木肌を撫でている妻の視線が
向こうの季節にむかっている

声を包み
雪が舞う
軽やかさを装って
灰となって
夜となって
もうひらくことのない
小さな口に降りかかる

ゆめの門よ
ゆめの物語よ
手を伸ばせば消えていく
幻の樹よ
始まりは見えず
終わりは何とも知れず

逃げる人　または　ものがたりの人

時は軽やかさを装って誘う
時の始まりはただひとつの問いであった

ひとつの問いがとけぬまま
千の問いに増殖し
千の問いは解明されたと宣言され
さらに増殖を続けた
始まりの問いは
行けども行けども解けぬ問いと命名され

問うてはいけない問いとなり
置き去りにされた

逃げろ
手をあげるな
手をそのように使ってはならない
と　その人は云った
追いかけてくる巨大なもの
微小なものの塊り
解き明かされたもの
宣言されたもの

かつて
雲を追ったその人が
閉じられた窓を指さして云った
窓を開ければ

世界は何処までも広がり
永遠につながる

ならば
生きられる

そのように過ごしてきた
だが
雲には
世界を解き明かしたと告げる者の
幻想が閉じこめられ
季節ごとに豪雨となり
豪雪となって地上を襲い
世界を測った

手を救うことばを見出すまでは

逃げろ
雲は薄く白く
厚く濃く黒く
始まりの問いに近づこうとするその人を問いごと
呑み込んでいく

窓を捨て
歩き　走る
逃走の時間
その行方
あたらしいものがたりへの
遠い
始まりのただひとつの問い

目

海が隔てる地は何処も遠い
海が隔てる地をぼくはみていない
そこで起こったことをみていない
いくど海を越えても
彼の地のひとが立ちつくしたところにぼくはいなかった

おとうさまは目がみえなくなってからうつくしくなられた
と一九五二年、ジャン・アヌイのアンチゴーヌがいう
あなたはなにもみなかった

と一九五九年、マルグリット・デュラスのヒロシマのおとこがいう
いま、みてもみてもみつくせぬものをみている
と二〇一四年、ウィアーム・シマヴ・ベデルカーンの
シリアの千と一の目がいう
同じとき
海を隔てたパリで
虐殺されたシリアの千と一の目をみた
とオサーマ・モハンメドがいう

水平線の向こうから
一人が
ひしめく人間の群れにされ
うずまき
飢餓の果てに
撃たれつづけてなお保った尊厳の最終の姿で
渦に呑み込まれていく

どのように祈り　見尽くそうとしても
祈りきれず
見尽くしきれず
どの時間にも届かぬ自分を抱えようとしても
抱えきれず
辛うじて
海をわたり
帰ったひとたちは
寡黙のまま老いていく

口をむすんだままの従兄《じゅうけい》は小さな陽だまりを思っていた
穏やかに霞がたち
陽炎がゆれるあした
胸をかきむしる時をあの彼方にしずめて
命の終わる日まで
見なかった時を過ごすことを思っていたのだ

だが
間隙を突いて襲う不意打ちに
胸底《むなぞこ》の底の底に隠しおいた荒れ狂う波に放りだされ
咆哮した

海は蒼く
空は晴れわたり
ぼくは罪のただなかにいた
遥かうえを
冒す目に曝された
木下順二の無垢の夕鶴が
一九四九年以来
身を削り　抜きつづけた
最後の羽をはばたかせ
遠ざかろうとしていた

＊順に、
ジャン・アヌイ『アンチゴーヌ』（一九五二初演）、
マルグリット・デュラス脚本　アラン・レネ監督『ヒロシマ・モナムール（ヒロシマ・私の恋人）』（一九四九）、
オサーマ・モハンメド、ウィアーム・シマヴ・ベデルカーン監督・脚本『シリア・モナムール』（二〇一四）、
木下順二『夕鶴』（一九四九初演）、から。

小さきものよ——間奏

どれほどの禍の昼と夜をくぐり抜け
この国のこの街を過ぎようとしているのか
行きかう雑踏のなかから
ふと　顔をあげた人の底のない目の深みに
思わずたじろぐことがある

倒れ　火に葬られ
拾い残された
小さな骨のかけらに
箸をとめたまま
見入っているひとみの
奥に

吸い込まれていく
骨から立ち昇る惨劇

たぎるものよ
あらぶるものよ　と
仮面のひとが
洞窟の目の深みで
火とともに
踊る
もう何処にも現れない始まりの思惟が
惨劇の目の深みで
まだ生まれぬ風景をゆめみる

顔をあげ
過ぎていくあの人

穏やかさを装って明け暮れる

ぼくの住む街の
囲われた硬い空間で
信じやすく柔らかな
ちいさないのちが
飢え渇き倒され打ち棄てられ
なお　見つめかえす
何処までも透きとおる目にたじろぎながら
一篇の詩を再生する

「ただひとつのことばのおかげで
私はもう一度人生をはじめる
わたしは生まれた　きみを知るために
きみを名づけるために――」＊

小さきものよ
あたらしく生まれたものよ
この詩句のあとに

おまえの
どのようなただひとつのことばを
しるしおくことができるのか
抵抗の詩人は
「自由よ」
と　書き遺したのだが——

*「ただひとつのことば——」は、ポール・エリュアール『自由』から。

国語　「伝記」補遺

ゆめは　すべて
不幸であったか
ちいさなちいさなゆめは許されなかったか
トロイの大きな木の馬を
子守唄のようにおはなしをして
話もせずに
血は
散る花だと
舞い散るひとひらだと

一粒の麦だと
ひとりの震えている子を
ふたりの震えている子を
ひゃくにんの震えている子らを
やがて始めることを知る子らを
束にして
「国」語をあやつり
舞子《まいこ》にしては
家の舞子にしては
踊らせ
灼熱の光線に襲われる
母の乳房に　決して
とどかぬ唇を
救いない
時間に
追い込む

正しさに
唇を慄《おのの》かせている幼子《おさなご》の生涯を
この地上のあちらでもこちらでも続けさせるなら

怠惰ではない
子守唄ではない
絶対ではない
相対ではない
ただそこにそのようにあるだけの
優しいことばよ
小さなこえは
地をはなれ
雲にのり
うたをしり

たむろすることばに

追放されたことばたちが
地の底で目をひらき
わきあがる風が　つよく
地表をうちつづけるだろう

沈黙も去ったここに
すべての時を受け入れた
あらたなことば、
知ることがなかった
なつかしいことばが
はじめての一粒となり　やがて
地に落ち
風に向かって
語りはじめるその遠さを　と
目をあげる

（輪がとけ
話すひとが去ったあと
聞いた何人かは
視界の限りを跳びはねる
一粒のことばを胸のおくに
一日　また　一日と
ただもどかしく過ごし始めたのであった
という）

道化　ひと　I

あったものの始まりか
なかったものの始まりか
目をつぶって
引金をひいたという
縛りつけたひとのことだ
命令の声のことだ
生命の最後の淵に追放された若者のことだ
断崖にかかとをかけ手を合わせ震えている子どものことだ
闇がもつ目のことだ

ひとつの伝記が平然と頁を占拠する
ここではない
外の闇がもった目だ
われらの手ではない
地から生えた手だ
地から生えた手の目だ
と書き入れ
地の遥か底に
碑を
ひそかに
壮大に
建て
闇の目のものがたりはそのなかに
と　追いかける声をあとに
階段をのぼり

地表に出たとき
目の前に
立ち止まったものがあった

なつかしい道化だった
ここが広場であったころ
道化の踊りをまねて
手もち無沙汰の
狙撃者をからかったものだった
広場はお祭り騒ぎでなんでもあった
ガラクタに紛れて呼吸をしていた絶望や
そのはての希望やは
影ごと失われた
どのようなものがたりも
もうないものになってしまったのだから
と受けつづける蔑みと傷みを白く塗りこめ

ないところに立ちこちらを見ている
この侮辱された光景だけが残っている
ないものが積み重なってこの光景を生んだのだ
きみにはここが見えないのか
見えるのは描きうつした絵を通してだけなのか
と泣きだしそうな目を見開いている
行くかそこに
なかったことの始まりが見えるかもしれないと
足を踏み出す

あることを
命を失うことを
奪うことを
魂が目をもつことを
それがここにそのようにあることを
踊ることを

うたうことを
祈ることを
そのすべてを
裸体ごと手を広げ
虚空にかたちづくり刺し抜かれたひとの
ことばの始まりに
とり戻せない
沈黙に
立ち会ったのか

きっと
その向こうに　と
道化が
すぐ先の曲がり角で
目を光らせていた

道化　ひと　Ⅱ

掘る人は何も語らない
ものがたり（とされたもの）がひとつひとつ剝ぎとられていく

船のうえで
なかったことを話し出すひとがいた
みんな剝ぎとってしまったのに
なかったのだと

陸のうえのさがすひとたちが

店という店で
太陽や月
人工衛星やドローンまで連れてきて
手当たり次第のものを並べなおしている
伝えられているあのものらは
こんなにも重厚で　しかし
それらしい姿は見せず
聞きなれたなまえをふりまきながら
視界の限り
あたりまえにずっとそこにあるのではないかと
大きな身振りで
空《くう》をなぞっている

船が行く
水底《みなぞこ》に何が見えるか
水底のその底には何かがあるのか

始まりの
かぼそいひとつの声

呼んでいる
道化に化身したひとが
名づけえぬものを負った小鳥を肩に
幾度も呼んでいる
ものがたりはもうないが
始まりの
旅はつづくと
道化の旅に呼んでいる

片影

1　桜桃

摘みとられ
皿に置かれ
桜桃はひかっている
皿の外で
読み継がれた本が重く閉ざされ
目が積みかさねられている
咆哮が消え
代りに
呑み込まれたものが　揺れ

冒されたものが　姿なくただよっている
日差しを求めて
小さいものたちが
踏みしるした境界を数えあげながら
ありったけの腕を挙げている
皿の中で　桜桃はひかっている
やがて消滅に向かう
自足する一個ずつの宇宙
外で
戻ることのできない
新たな痛苦の世界が始まろうとしている
だが　どのようにしてそれはなれるのか
皿の外で
手はいつくしむものだと
木々にたわわのまま
静まっていることが

2　八月の庭

庭を横切っていったのは誰であったろう
大揚羽《おおあげは》であったかもしれない
いくら大がつくとはいえ人と揚羽では大きさがまったくちがうのだが
いずれ過ぎていったのは影であったから大小などどのようにでも映るのだ
などと
強弁を独りごちながらそれでも息をつめて庭に出ると
垣根のあちらについ冬の終わりに夫を亡くした（確か七十をこえたばかりの）女性が剪定鋏を手にこちらに微笑みをむけていた

過ぎ去っていく何かを見ませんでしたか？という問いを急いで
のみ込み会釈をかえすと
そのひとは微笑んだ姿のまま斜めうえを見あげうなずいた
誘われて目をむけたそこには
葉や花を重たげに揺らしている百日紅の枝の隙間から僅かに
空が見えているだけであった

過ぎていく影を見たと思う直前まで釘づけになっていた八月の
消えつつある写真に戻ろうと振りむけば
（南方の密林ではない）庭は今を限りと四方八方伸びるだけ
伸びようと恣意するものたちの草いきれに満ちていた

3 おろおろとここを

罪なく砕かれる生まれてまもない子について
瞬く間もなく倒されうちのめされる小さな命について
幾つものことばが繰り返されたが
乾ききった一粒の涙のまえで色を失っていった
(ぼくはそれについて何がいえるか)

さがしてもさがしても見つからない
ぼくのではない
ことばがある

歩きつづけた侮蔑の土地を抜けようとしたとき
閃光のように通り抜け
一瞬にして忘却へと飛び去っていったあのもの

彷徨する都市の小さな隙間に揺れている
丈ひくい草木《そうもく》に口を難く結び祈る人がいる
その祈り知りたく
後ろ姿に真似ごとの手を合わせ額づくが
叶うはずもなく
ものがたりの途絶えたまちを
あのことばから始まるだろう時間を胸に
幻の幼子を抱いて歩いている

そして、全世界を何と——

フェルメールとルオーに導かれて

誰も気づかなかったが
一六六〇年か六一年のあの日
午前七時十分
街に　新しい時間が始まっていた
と　フェルメールは生涯を生きたデルフトの朝を描いた

一九八八年　歌った
巨大な熊に呑みこまれ爪にされた
何という流血の畝　何という落涙の耕地
バルトのうたの原で

ここに　一つの世界が幕を下して消えはて
別の世界が生まれる　と
歌った
流血と落涙の中にうずいていた
わたしのことばで
わたしのうたを
鳥と虫と草木と石のうた
宇宙のうたを　歌った
一九八九年　つないだ
二百万のわたしの手を
一九九一年　爪はわたしの葡萄と囀りの空間に甦った
だが　この外側で
フェルメールの午前七時十分を
始まっていたはずの新しい時間を
砕き　消し
全世界を何と交換するのか

＊「何という流血の――」「別の世界が――」「全世界を何と――」の各行は、いずれもジョルジュ・ルオー『受難』から。

草叢

横長の何百メートルもある草叢が家のまえに広がり
いつも風がわたっていた
虫が鳴き　跳びはね　飛んだ
高空からひばりがまっしぐらに巣を目がけて落下したり
何処からか雉が現れ何時の間にか消えていったりした
風が呼び
草が一本一本こたえようとしていた
子どもたちの群れが
かすかな草たちの声に連れられて走り抜けていった

この地に残った何人かが親となり
よちよち歩きの子を草叢に置くようになったが
やがて土が覆いアスファルトが草の息をとめはじめたあるとき
小さく残された草叢に靴があった
掘り出されたのか捨てられたのか誰かが見失ったのか
泥と草と水の匂いがする半足の靴のうえを
蝶が過ぎていった

ひら〳〵と舞ひ行くは、
　夢とまことの中間《なかば》なり。（「蝶の行方」）
と透谷は書きとどめた
　草叢の中が発起なのだ
と藤村の半蔵が云う（「夜明け前」）

子どもたちが数人、風の声に連れられて走り抜けていく

草叢から起こったものの靴の群れが
丈長い草を掻き分け
僅かに残った風の隙間を踏みつけて過ぎていった
残されたただ一つのものは
見棄てられた靴だけであったろうか
子どもたちは跳び
消えた草叢から忘れられたものらが
たなびきながら後を追い
やがて地に吸い込まれていき
視界から消えた

高空をこれまでになく蝶が幾百と羽ばたき急ぐのが見え
夕空に燃える雲の群がうしろから襲うように包み込み
蝶は見る見る灰となって散った

半蔵には見えなかった草叢たちの

新たな発起が
幾つも意志され
地の底に沈んだ
灰の沈黙が小さな草叢に降りかかり

残された子どもが　二人
それぞれの向こうに
目をあげている

還る

1

振り返ると
四階の小さな窓から
こちらを見つめる
ふたつの目があった

幾つもの目があった
どの目も　なみだをたたえていた
こぼれおち散っていく目の使者であった

見出そうとしたのは
砕かれたことばであったろうか
剝ぎとられた物語のあとに生まれたかもしれない
あの　あれ
で　あったろうか

四階の小さな窓で
かえれない目が
ひかっていた

2　TAKUROに

還る
埋葬の地に
新しい土に
懐かしい無に
還る

ここで知ったのは
砕かれた朝の
最初の声
破片をかかえ
破片をのみこんで
立っていた

還る

あたらしい土の
なつかしい無に
柔らかな叢のささやきを預かった無に
還る

墓原の友に手をそえ
墓原にうたう友を見あげる
砕かれた朝の最初のうたを
生命の
はじめての地に立ち差しのべる
柔らかな幼児の手のリズムでうたう
友の声を
なつかしい無の
あたらしい空の
ここに
かえす

荒野《あらの》

こころ
たもてぬときは
ゆめをみる
眠って
眠って
ゆめをみる
ゆめは
始まりの発声の
驚きと

よろこびが
跳《はねと》ぶリズムとともに
原初の野を
ひとのはじめての野に変えながら
駆けていく

このことを言おう
ともに　野を駆け抜けるもののことを言おう
ここにあった
はじめてのことばのことを言おう
日の出から日の入りまでのことを
わたしをただ一本の草にして
あのひとに言うために
始まりの音《おん》を言うために
あ、と言うために
い、と言うために

目ざめれば　だが
一面の荒野
世紀から
世紀に
名づけるごとに深まる
混沌のことばが
ゆめのまわりを暗射する

荒野の奥底に
培《つちか》ってしまった
我らの伝記
聞きとれない
深層の
ことばよ

歯ぎしりのはての
ゆめみることばよ

あとがき

「挫滅につながれた伝記」という藤井貞和さんのことばに出会ったのはもう五十年も以前のことである。その時の衝撃は忘れることなく胸の内にありつづけた。

さらに、その三十余年後、倉橋健一さんの「ひとりの若者は遠ざかり」から「敏捷果敢な一頭の草食有蹄獣を／来る日も来る日も／思い続けたのだった」という行に会った時の、思わず座りなおした時間を忘れることは出来ない。

この二つの詩句が、人間の「歴史」のありようを示してくれていると思った。時間がたつにつれ、あつかましくも、お二人のそれぞれを各章の冒頭に引用させていただいてその章を始める、そのような詩集を編みたいと思うようになった。

お二人の思考の外を、あるいは遥か浅瀬をうろついたかもしれないが、そうであったとしても、そのお詫びとともにそのようなことばを目の前に現わしてくださったお二人に深く感謝いたします。

またそれにともない、意図して多くの著書、映画等から引用した。それらはその時代を表す〈伝記〉であり、歴史でもあると思ったからである。

さらに倉橋健一さんには詩集刊行のための道筋をつくっていただきました。合わせて感謝いたします。

収録作品の多くは「イリプス」に掲載したものであるが、幾つものお願いをその都度容認してくださった同誌編集の松尾省三さんに、さらには、すべて辛抱強くご教示くださった思潮社の髙木真史さんに、こころからお礼を申し上げます。

二〇二三年八月

竹内英典

竹内英典　たけうち・えいすけ

一九三八年仙台市生まれ

詩集
『死者たちのとき』（一九七四年、永井出版企画）
『影』水島一生画（二〇〇三年、邯鄲アートサービス）
『歩く人の声』（二〇一七年、澪標）
「イリプス」「ひびき」同人

伝記《でんき》

著者
竹内英典《たけうちえいすけ》
発行者
小田啓之
発行所
株式会社 思潮社
〒一六二―〇八四二 東京都新宿区市谷砂土原町三―十五
電話〇三（五八〇五）七五〇一（営業）
〇三（三二六七）八一四一（編集）
印刷・製本
創栄図書印刷株式会社
発行日
二〇二三年十月十日